DIARIOSSAURO
UM NOVO MUNDO

Ciranda Cultural

Dados Internacionais de Catalogação na Publicação (CIP) de acordo com ISBD

O81d	Osbourne, Philip
	Diariossauro: Um novo mundo / Philip Osbourne ; traduzido por Paula Pedro de Scheemaker. - Jandira : Ciranda Cultural, 2021.
	144 p. : il. ; 13,2 cm x 20 cm.
	Tradução de: Jurassik Diaries - A new world
	ISBN: 978-65-5500-778-7
	1. Literatura infantojuvenil. 2. Aventura. 3. Dinossauros. I. Scheemaker, Paula Pedro de. II. Título.
	CDD 028.5
2021-1293	CDU 82-93

Elaborado por Vagner Rodolfo da Silva - CRB-8/9410

Índice para catálogo sistemático:
1. Literatura infantojuvenil 028.5
2. Literatura infantojuvenil 82-93

© 2021 Philip Osbourne
Texto: Philp Osbourne
Publicado em acordo com Plume Studio

© 2021 desta edição:
Ciranda Cultural Editora e Distribuidora Ltda.
Tradução: Paula Pedro de Scheemaker
Preparação: Paloma Blanca Alves Barbieri
Revisão: Karine Ribeiro e Maitê Ribeiro

1ª Edição em 2021
www.cirandacultural.com.br
Todos os direitos reservados.

PHILIP OSBOURNE

DIARIOSSAURO
UM NOVO MUNDO

CAPÍTULO UM
Todos para a escola!

Capítulo 1

Querido Diário,

Você sabe por que a classe do Tiranossauro não tem professores? Claro que sim! Os Tiranossauros têm o péssimo hábito de comer todos eles!

ADIVINHA:
OS PROFESSORES DOS T-REXES ESQUECEM SEUS CASACOS NO CABIDE OU OS T-REXES OS DEVORAM ANTES DO FIM DA AULA?

Eu não estou brincando, não!

Quando cheguei aqui, perguntei a todos em Jurássika o que os Tiranossauros estavam fazendo.

UM NOVO MUNDO

Os Estegossauros, que não gostam muito dos T-rexes, falaram que a maioria dos Tiranossauros cata lixo. Eu morri de rir! Catadores de lixo!

Ah! Ah! Ah! Ah! Ah! Ah! Ah! Ah! Ah!

Será que os terríveis Tiranossauros, que estão no topo da cadeia alimentar, são mesmo catadores de lixo? Isso eu não entendi muito bem: os Tiranossauros são "catadores de lixo" esquisitos... Devoram tudo o que encontram na frente deles...

CAPÍTULO UM

Até os professores!

Foi por isso que eu decidi trabalhar como professor. Outros dinossauros falam que o Tiranossauro é uma boca que anda sobre duas pernas... E eu acho que há uma pontinha de verdade no que dizem. Eles são animais inteligentes, mas não entendem a mais simples das regras: não coma as pessoas.

NÃO COMA AS PESSOAS!

UM NOVO MUNDO

Você deve saber que apenas uma coisa, e apenas uma, é capaz de deixá-los bonzinhos e sorridentes.
Está curioso para saber o que é?
T-rexes ficam bonzinhos se você fizer barulho mostrando a língua para eles; eu ria muito quando era criança e minha mãe fazia isso. Eles também gargalham se você se vestir de palhaço.

Não me pergunte por quê... Mas, se quer ver os dentes de um T-rex sem estar dentro da boca dele, acho melhor aprender como...

... colocar a língua para fora e soprar com muito barulho!

CAPÍTULO UM

Agora você já sabe por que eles não vão me devorar... Eles esperam até o fim da aula para ouvir uma de minhas peripécias com a língua. Na realidade, faço muito barulho com a língua antes que fiquem impacientes:

PRRRRR!!!!

Depois de muita gargalhada, consigo ensinar um pouco de ciências, depois, história... e fazê-los entender o que acontecerá se não me ouvirem. Eles não sabem muitas coisas que eu sei porque, se você ainda não percebeu, além de ser lindo e encantador, sou um gênio que estudou muito... E sei que a era do gelo chegará. Sim, aqui em Jurássika, tudo vai congelar em breve e eles serão extintos.
No entanto, agora que estou aqui, eu vou salvá-los!

ELES SERÃO EXTINTOS!

UM NOVO MUNDO

É muito difícil fazer animais pré-históricos entenderem o que é o congelamento, quando nem sabem o que é Netflix... Sendo assim, tenho de começar pelos conceitos básicos.

Foi por isso que hoje decidi ensiná-los como escrever. Se você está se perguntando com quais dedos eles vão escrever, você é um leitor de diários muito ansioso, pelo visto, e eu não falo com leitores ansiosos de diários!

Todos têm direito à educação, até mesmo os dinossauros.

Eles nunca serão capazes de se salvar da era do gelo se não entenderem suas consequências e não souberem ler as minhas instruções.

Todos os tipos de dinossauros me entendem, não me pergunte por quê! Talvez eles pensem que eu sou o escolhido.

Se você me observar com atenção, entenderá que voltei para o passado porque o mundo deles precisa de um herói de verdade para mudar a história.

CAPÍTULO UM

O melhor e mais esperto aluno da minha classe é LLOYD, um T-rex pacifista e vegetariano. Ele sonha em ser cantor e ama se vestir como um pop star. Ele jura que um dia ainda vai inventar o T-rap!

UM NOVO MUNDO

Waldo é um amável Estegossauro que sonha em voar. Melhor nunca levá-lo para as montanhas porque ele pode querer pular da ribanceira.
Ele tem certeza de que todos os animais podem voar, pois nunca entendeu o que é a lei da gravidade!

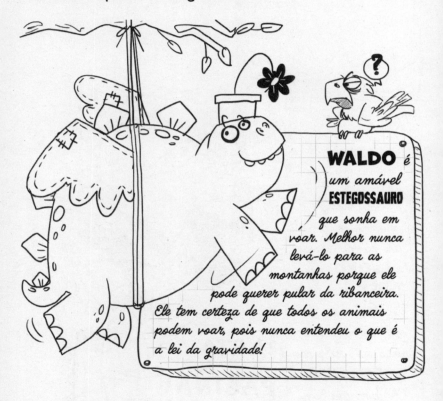

Trisha é uma Tricerátopo lilás, que adoraria ser a governante de Jurássika... Ela tem um bom caráter, mas podemos dizer que se irrita com facilidade. Talvez até demais!

CAPÍTULO UM

De todos os alunos da minha classe, Rapto é o Velocirraptor de que mais gosto. Rapto é o primeiro comediante da pré-história e sonha em fazer uma live, que está escrevendo, chamada "Todos amam Rapto!". Ele sofre de dor de dente constantemente, mas isso também faz parte de seu show.

CONHEÇA RAPTO...
VIRE ESTA PÁGINA!

UM NOVO MUNDO

*De todos os alunos da minha classe, **RAPTO** é o VELOCIRRAPTOR de que mais gosto. Rapto é o primeiro comediante da pré-história e sonha em fazer uma live, que está escrevendo, chamada "Todos amam Rapto!". Ele sofre de dor de dente constantemente, mas isso também faz parte de seu show.*

Agora, querido diário, você já conhece tudo sobre a turma para quem dou aula... Porém, ainda não sabe como saí de Nova Iorque e cheguei em Jurássika. Tenha paciência e eu lhe explicarei tim-tim por tim-tim, mas não hoje. Estou com sono e amanhã terei um dia bem puxado... pois será a primeira aula-teste do ano.

CAPÍTULO UM

Querido Diário, entendo que novos visitantes estão chegando a Jurássika. Não é nada fácil compreender o que os Pterodáctilos dizem... por causa de um pequeno detalhe... São os únicos animais pré-históricos que não falam comigo!

Nãoooo! **Nãoooo!** Nãoooo!

Não creio que meu pior pesadelo esteja se tornando realidade! Mike, o valentão, ao lado de Adam, seu capanga, e Eva, a vilã, chegaram a Jurássika?

UM NOVO MUNDO

Será que os piores valentões da minha antiga escola estão na cidade?

Mas... Como isso é possível? Agora estou encrencado! Socoooroooo!

Socooorroooo!

Cheguei a Jurássika por engano. Estava indo visitar minha avó, de ônibus, mas eu me distraí e perdi o ponto de Staten Island... Desci na parada seguinte, em Jurássika, sem reconhecer ninguém da vizinhança.

Pensei em pegar outro ônibus do outro lado da rua, mas em Jurássika não há ônibus, apenas animais pré-históricos. E foi assim que me vi no passado.

Será que Mike, Adam e Eva entraram no mesmo ônibus mágico que eu?

UM NOVO MUNDO

Nãoooo!

Agora que eles vão me atormentar, não terei a força na língua para mostrar e soprar! Primeiro, serei maltratado pelo Adam; depois, serei devorado por algum T-rex! Eu serei o primeiro a ser extinto!

Mas... se não há heróis para me salvar, então eu vou ser o herói! É hora de falar com meus adoráveis amigos dinossauros e lhes pedir ajuda antes que Mike e seu bando encontrem reforços!

OS TRÊS VALENTÕES

ADAM, EVA E MIKE SÃO OS TÍPICOS VALENTÕES. APESAR DE SEREM UM POUCO... RIDÍCULOS. EVA É TÃO PERVERSA QUE OFENDE SUA PRÓPRIA IMAGEM DIANTE DO ESPELHO TODAS AS MANHÃS. MIKE CONTA UM MONTE DE MENTIRAS E JÁ FALOU A SEUS PAIS QUE É O MELHOR DA CLASSE. EMBORA ELE AINDA NEM SAIBA EM QUE SÉRIE ESTUDA! ADAM APENAS DÁ RISADA E REPETE O QUE MIKE DIZ. ELE RI DE TUDO. ATÉ DELE MESMO, SE MIKE MANDÁ-LO FAZER ISSO!

CAPÍTULO UM

Os valentões, apesar de implacáveis, não têm cérebro. Divertem-se quando perturbam pessoas mais inteligentes do que eles. Mas, se pensam que vão me intimidar, estão enganados! Estou pronto para enfrentá-los. Aqui, em Jurássika, vence aquele que tem inteligência para desenvolver tecnologia. E eu sei como inventar... como inventar... como inventar um foguete para viajar para outro planeta! O que estou falando? Talvez eu precise de uma pequena ajuda dos meus alunos, apesar de eles não parecerem tão espertos assim!

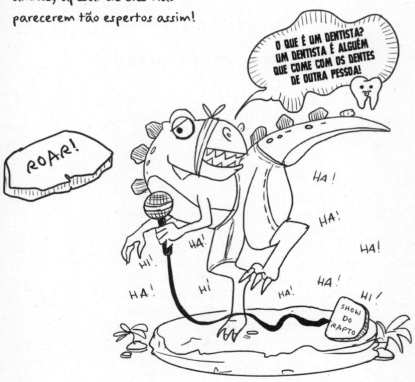

CAPÍTULO DOIS
Aí vem o garoto malvado!

Capítulo 2

Querido Diário,
Com certeza o mundo jurássico precisa de uma loja como a Amazon. Contudo, seria muito difícil criar uma loja virtual sem antes inventar um computador. E o que tudo isso tem a ver com os Tiranossauros? Absolutamente nada!

O computador sempre é muito necessário. Com ele, é possível assistir à Netflix depois das brigas entre Pterossauros.
Vamos voltar à era do gelo! Preciso inventar a roda primeiro.
Mas antes de qualquer coisa, tenho de conversar com os Tiranossauros e convencê-los de que eles são vegetarianos. E, sério, isso será muito difícil. Por que será que uniram forças com os valentões?

UM NOVO MUNDO

Assim que chegaram em Jurássika, Mike, Adam e Eva começaram a atormentar os bebês Estegossauros. Foi por isso que os Tiranossauros gostaram deles logo de cara.

A maioria dos T-rexes adora tirar sarro dos outros animais.
Logo que nascem, seus pais os ensinam a irritar todos os outros dinossauros.
Eles também inventaram um esporte supercruel: o taco vilão.
A regra do jogo é simples: os T-rexes só precisam acertar a cabeça dos Brontossauros com um taco!
A inteligência não é sua maior qualidade, se é que eles têm qualidades!
O Senhor Não, líder de todos os T-rexes, é um animal pequeno, mas muito histérico, que só sabe falar "não", e no momento

CAPÍTULO DOIS

em que viu Mike, Eva e Adam, aproximou-se deles e, orgulhoso
da maldade dos meninos, disse-lhes:
— Gostei de vocês! Por isso vou comê-los em uma única mordida.
Não quero que sofram!
O Senhor Não tem uma estranha noção de bondade, eu sei!
Pelo que o Pterodáctilo me falou, enquanto voava por aí, Mike
tentou convencer os T-rexes com sua arma mais eficaz: o celular.
Sim, você escutou direitinho! Precisou apenas mostrar o celular
e os cabeçudos decidiram adotá-los em vez de picá-los em
pedacinhos.

UM NOVO MUNDO

O Senhor Não é um tirano maluco, mas também é um cara muito curioso. Aprendeu a jogar o Crash e depois de uma hora estava obcecado pelo jogo. Ele se transformou em um Nerdssauro! Foi por isso que o T-rex, além de decidir não comer os valentões, permitiu que eles entrassem para o seu clube.

— Vocês têm ideia do tipo de clube a que estou me referindo?
— Vocês não conhecem o clube dos T-rexes?
— Onde pensam que vivem, no Paleolítico?
— Sim, pensando bem, vocês moram no Paleolítico!

CAPÍTULO DOIS

O Senhor Não lidera o mais triste dos clubes, e não falo isso porque ele é um T-rex "inofensivo". Rá! Tão inofensivo quanto um caminhão sem freios!

O Senhor Não fundou o clube dos sinistros assim que chegou, e, quando se reúne com seus amigos, ele não perde tempo com bobagens.

OS SINISTROS! ELES SÃO OS PIORES!

Ao contrário do que você deve estar pensando, os sinistros não gostam de desligar a luz para assustar os outros, mesmo porque, na era pré-histórica, não havia essas coisas, tipo lâmpadas. São chamados de "sinistros" porque amam se reunir à noite, no escuro, e quando a Lua aparece no céu, eles se voltam contra mim. Por quê? Porque todos pensam que a era do gelo é só uma mentira. Esses lagartos gigantes dizem que minto sobre o fim do mundo jurássico. Isso é impossível! Eu, o gênio, o mais bacana de todos, o mais bonito de todos os bonitos do mundo, não seria nunca capaz de mentir. Para quê? Nunca gostei dos BTS, afinal, sou inteligente! Poderia, inclusive, fazer parte dos Beatles ou das Spice Girls, porque sou versátil. E mais, canto maravilhosamente bem, tanto quanto Travis Scott. Tenho muitos atributos! Por que eles não entendem que tenho o conhecimento e a sabedoria? Li tudo sobre o assunto, eu sou o futuro!

Será que é difícil de entender isso? Se você me encontrasse na rua, pediria um autógrafo? Sim, é óbvio, quem resistiria ao meu supercharme?

Martin... Narcisista?

CAPITULO DOIS

Querido Diário, agora que o diabólico Tiranossauro se uniu aos valentões, quero trazer conhecimento para este mundo pouco evoluído. Devo dizer que não será uma tarefa fácil, pois conversei duas horas com Trisha para explicar o que é Nutella. Em que mundo será que eles vivem?

Eles serão salvos somente se evoluírem. Tenho em mente o plano perfeito para resgatá-los, mas, para isso, preciso ensinar e torcer para que entendam tudo. Não posso ajudar sem que eles aprendam.

ELES PRECISAM DA MINHA INTELIGÊNCIA.

Sou o professor e talvez o melhor de todos porque fui o único que sobrevivi. Hoje, quero testar os hábitos dos dinossauros, caso contrário, será muito complicado fazê-los compreender meu brilhante plano.

Lloyd não é igual aos outros Tiranossauros; ele é bem compreensivo e muito inteligente. Seu talento artístico o torna especial. Mesmo sendo o menos atento entre os alunos, quero que ele me conte tudo o que sabe. Por isso eu preparei um exame de admissão para participar do projeto: "Não seremos extintos".

CAPÍTULO DOIS

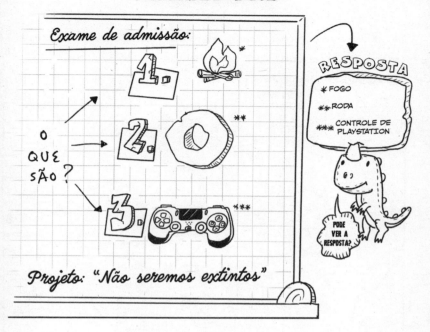

Eu o forcei a pensar, como qualquer bom professor como eu faria:
— Vamos, Lloyd, concentre-se, não é difícil. Estes são os três objetos desenvolvidos mais importantes do mundo. Se não souber nada sobre eles, como poderemos combater a era do gelo?
Lloyd me respondeu que o fogo é uma mancha, a roda é um buraco e o controle de PlayStation é um sorvete.
Suas ideias são confusas.
Muito confusas, eu diria!
Pergunto aos demais alunos da classe, mas ninguém sabe me responder.
Rapto, que é um comediante nato, levanta sua pata de Velocirraptor. Pergunto a ele se tem a solução para o teste.

UM NOVO MUNDO

Ele se aproxima da mesa com seu microfone e, como se estivesse em um daqueles espetáculos de comédia da Netflix, diz:
— Quer saber como é uma piada ao contrário? Comece a rir!

Mensagem ecologicamente correta! Devo começar a educá-los e trazê-los para uma era evoluída. Sou ou não sou o escolhido? Todas as crianças da classe estão rindo e eu também estou morrendo de rir. Como posso salvar o mundo com essa turma maluca?

CAPÍTULO DOIS

Por isso eu acho que é o momento de o mundo pré-histórico descobrir o fogo. Você pode se aquecer com ele...

O fogo pode ajudar na hora de comer.

UM NOVO MUNDO

Você pode iluminar a noite com fogo.

Por que todos estão me encarando tão assustados? Eles nem mesmo conseguem entender o que é o fogo. A classe inteira acha que é um efeito especial, como nos filmes da Marvel. Eles nunca viram o fogo. Eu disse que também pode ser usado para sinalizar (mas sinalizar para quem e o quê?). Também pode ser útil para secar roupas mais rapidamente. Ah, tudo bem, eles não usam roupas. Acho melhor parar de falar.

Penso que o único meio de eles aprenderem seria simplesmente mostrar-lhes o fogo! Mas como fazer fogo sem isqueiros ou fósforos?

CAPÍTULO DOIS

Você pode usar o fogo para se defender de inimigos.

UM NOVO MUNDO

Eu tenho uma mente brilhante, todos sabem disso, e devo pensar em uma solução.

É isso o que acontece quando um aluno não vai às aulas. Espere aí, tenho meus óculos de estudante esperto em algum lugar dentro da minha mochila...

CAPÍTULO DOIS

Geralmente eu uso óculos quando meus olhos ficam secos depois de horas diante da tela do computador, mas em Jurássika não tenho esse tipo de problema.

Quando o Sol está forte, posso usá-los a meu favor graças às lentes. Produzir o fogo com esse método não é fácil, requer muita paciência.

Eu levo todos os alunos para fora da classe, coloco uma folha no chão e espero até que os raios do Sol atravessem as lentes. Está calor... Então essa espera não é nada agradável.

MOMENTOS HISTÓRICOS PARA LEMBRAR!

UM NOVO MUNDO

Por sorte, a folha seca pega fogo de repente, e eu logo adiciono mais folhas secas, para as chamas aumentarem e se tornarem mais poderosas! Eu espero ver todos surpresos, mas quando olho para meus amigos... Estão com medo e histéricos. Rapto mostra seus dentes e começa a correr gritando:
— A nova tecnologia vai nos levar à extinção!

CAPÍTULO DOIS

Ele faz isso, mas sabe que a melhor maneira de mostrar seus dentes é sorrindo.
Os demais dinossauros do grupo também estão bastante perplexos.
Lloyd toca sua guitarra elétrica bem alto e, quando lhe peço para não nos deixar mais perturbados, ele replica:
— Não quero ouvir esse som diabólico. Eu prefiro tocar heavy metal e não quero escutar esse farfalhar nunca mais!
Trisha está calada pela primeira vez e estou preocupado. Não quero que ela fique aflita.

 NÃO QUERO QUE ELA FIQUE AFLITA!!!

Ela inspira profundamente e sussurra:
— Realmente é possível cozinhar, aquecer e iluminar as coisas com o fogo? Como isso tudo acontece ao mesmo tempo?
— Mistérios da tecnologia! — respondo, ironicamente, mas ela leva a sério.
Eu deveria aprender a ficar calado e dispensar alguns comentários, digamos, interessantes.
Em seguida, deduzo que sou legal porque sou legal!
Eu era legal no mundo moderno, e sou legal agora.

EU SOU... EU SOU LEGAL!

UM NOVO MUNDO

Alguma dúvida?
Como o planeta Terra pode resistir ao meu charme?
Os alunos da minha classe não se destacam por sua coragem, muito menos por sua inteligência; porém, vou torná-los especiais. Com eles, combaterei os sinistros e juntos salvaremos o mundo do congelamento.
Eu possuo os músculos de Conan, o Bárbaro, a ironia do Homem-Aranha, a agilidade do Pantera Negra e a inteligência do Professor X. Como posso falhar em vencer os sinistros?
Mas quando vejo a sombra do meu cabelo no chão e acho que é uma aranha gigante, saio em disparada, apavorado!
— Socorro, uma aranha gigante!!!! Uma terrível aranha gigante pré-histórica!

É PRECISO IMAGINAÇÃO PARA CONFUNDIR A SOMBRA DO PRÓPRIO CABELO COM UMA ARANHA GIGANTE!

CAPÍTULO DOIS

Todos riram do medo que senti da minha sombra, mas até os heróis mais famosos podem sentir medo.
Tudo bem, voltemos ao meu discurso, preciso restabelecer minha autoridade e mostrar a todos quem está no comando.
— Vocês desconhecem muitos fatos e alguns deles são essenciais. É difícil explicar que metade da felicidade dos humanos é entrar em um shopping center e a outra metade são as redes sociais, porém, eu posso explicar que graças ao fogo podemos nos defender dos sinistros durante a noite.
Esperava uma salva de palmas, que não acontece, mas, para não demonstrar meu desapontamento, continuo:
— Muito obrigado!
Percebo que estão distraídos, como se eu estivesse falando grego.
— E se eu gravar uma música, vou me tornar um T-rec? — pergunta Lloyd, sentado e segurando sua guitarra.
Deveria ser uma piada, mas achei mais deprimente do que uma meleca grudada debaixo da carteira da escola.

UM NOVO MUNDO

Vou em frente com meu discurso e explico:

— Agora temos o fogo; podemos defender nossa comunidade e ganhar tempo para preparar um plano e evitar o congelamento. Devemos estar unidos e em grande número.

Waldo está perplexo! Talvez ele tenha outra solução em mente. Vejo a inteligência em seus olhos.

— Poderia nos dizer o que está pensando? Quem sabe não encontrou um meio de não acabarmos congelados? — pergunto.

— Por que nossa história é curta? — responde com outra pergunta, após subir na mesa, como se fosse pular e voar.

— Porque ainda estamos nos tempos pré-históricos! — grito em sua direção.

CAPÍTULO DOIS

Eu ganho forças quando um Pterodáctilo se aproxima e diz:
— Mfspdjls!
Minha nossa!
Desta vez, ficou claro para mim que possuo uma inteligência superior à média, óbvio!
— O que ele disse? — Trisha pergunta. — Vamos lá, conte-nos! Ou talvez seja um segredo que quer esconder de nós?
Reúno coragem e conto a todos o que o Pterodáctilo falou.

— Os sinistros espalharam cartazes pela cidade, alistando todos os membros de seu clube. Caminhamos por aí e ficamos sem palavras quando vimos o cartaz do T-rex.

O CARTAZ DOS SINISTROS

Em pouco tempo, seremos minoria para lutar contra a extinção. Eu me ajoelho no chão, em estilo épico, como se fosse uma série de TV.
— Venceremos todos e, depois que a era do gelo passar, seremos os primeiros a dizer "Como está quente"! — grito para meus amigos.
Trisha se aproxima de mim com um belo sorriso e diz:
— Agora que descobrimos o fogo, por que não queimamos os cartazes do T-rex?
Gostaria de explicar a ela que democracia significa respeitar outras ideias além das nossas, que talvez um cartaz seja apenas a expressão de outro ponto de vista.
Porém, meu nome é Martin e não gosto de ser contrariado.
— Ótima ideia! — respondo, feliz. — Vamos transformar os cartazes dos sinistros em cinzas.
No entanto, quando me viro, dou de cara com o Senhor Não, escoltado por Adam, Mike e Eva.
— Você não vai a lugar algum! — ele afirma, com o sorriso diabólico nos lábios.
Acho que é hora de inventar a roda!

SOCORROOOOO!

O CONGELAMENTO É UMA INVENÇÃO!
JUNTE-SE AOS SINISTROS PARA LUTAR CONTRA MARTIN!

CAPÍTULO TRÊS
A máquina do mundo

Capítulo 3

Querido Diário,

O Senhor Não e os sinistros correram atrás de mim, enquanto Mike, Eva e Adam se divertiam à custa do meu sofrimento. Os malvados se retorciam de tanto rir; para eles, se unirem a um tirano maldoso e violento era muito mais divertido do que ser os próprios tiranos.

Mike ria como um fanfarrão.

— Às vezes, tenho vontade de ter dentes de Tiranossauro também — diz a Adam, um pouco invejoso.

— Pelo menos o seu hálito fede como o dos T-rexes, o que já é um bom começo! — Adam tenta consolá-lo, mas não se dá muito bem porque não é nada brilhante.

Eva balança a cabeça, e com seu estilingue atira uma maçã na direção deles.

— Agora eu acredito na força da gravidade! — afirma, com seu sorriso mais malévolo, certificando--se de que quase amassou aquelas cabeças ocas.

SINISTROS VALENTÕES... ECA!

UM NOVO MUNDO

Corro e fico sem ar, assim como fico sem esperanças de ser salvo.
Eu me curvo, e o Senhor Não e seus capangas me cercam.
Estou encurralado!
Preciso pensar rapidamente em uma solução.
Olho para cima.
— Mnksfakja sfnsk skjf! — grito aos Pterodáctilos que sobrevoam minha cabeça.
Eles acenam e partem.
Obviamente, apenas eles e eu entendemos o que foi dito.
Você, não!
Portanto, tenha paciência se quiser saber o que eu disse a eles.
O Senhor Não está muito intrigado, e seus braços curtos mostram como suas unhas brilham sob a luz do Sol.
— Isso é um confronto!
Preciso de um tempo... Assim, com toda minha inteligência, crio minha superlíngua barulhenta!

PRRRRRRR!!!

Isso os manterá ocupados até os Pterodáctilos voltarem.

PRRRRRRR!!!
PRRRRRRR!!!
PRRRRRRR!!!
PRRRRRRR!!!
PRRRRRRR!!!

46

CAPÍTULO TRÊS

A INTELIGÊNCIA DE MARTIN PODE SER VISTA DE LONGE!

UMA LÍNGUA BARULHENTA GIGANTE!!!

UM NOVO MUNDO

O Senhor Não está rindo sem parar... Assim como todos os seus amigos "bacanas" do clube.
Mike, entendendo meu plano, aproxima-se dos T-rexes e grita:
— Levantem-se! Não entenderam que mostrar a língua e soprar faz parte do seu plano para escapar? Ele sempre tem ideias brilhantes. Este pirralho!
Para minha sorte, os Tiranossauros não conseguem se recuperar das gargalhadas.
Mike e seus comparsas jogam garrafas de água na cara dos sinistros.
Enquanto isso, vou embora e começo a correr de volta para Jurássika.
Os Pterodáctilos, assim como pedi que fizessem, voam bem perto dos T-rexes. Um deles pega um cubo mágico da minha mochila e atira na cabeça do Senhor Não.

O CUBO MÁGICO FAZ MILAGRES!

CAPÍTULO TRÊS

— Aaaaai! - chora, incomodado, o Senhor Não, que agarra o cubo com as patas, tentando entender o que é aquilo.
— Jogue, jogue! — ele fala para si mesmo.
Após alguns segundos, senta-se no chão, e os outros T-rexes fazem o mesmo.

Mike enlouquece e explica aos sinistros que eu escapei.
— Você não pode jogar agora! Martin escapou!
Apesar de tudo, o Senhor Não não se abala e, olhando fixamente para o cubo, repete: "Jogue, jogue!".
Chego na vila e me tranco na escola. Chamo minha classe inteira e explico para eles minhas novas e formidáveis ideias.
— Somos poucos, mas vamos vencer a árdua batalha contra os sinistros. Eles convenceram muitos animais a segui-los, então, chegou o momento de surpreender toda a pré-história com a grande invenção! Na verdade, com duas grandes invenções! Todos devem entender que possuo a tecnologia e o conhecimento, e por isso sou o único capaz de salvar o mundo! Tudo bem, sei que sou presunçoso, mas os grandes líderes sempre têm um grande ego, ou não? Ou seriam os grandes ditadores? Vamos deixar para lá!
— Sei que não tem nada a ver, mas você falou que Adam e Eva já nasceram adultos. Então, eles não ganharam dentes? Já nasceram com eles? — Rapto pergunta, sentindo a habitual dor de dente.
— Como eles são abençoados!
Disfarço, pois meu objetivo agora é impressionar minha classe porque os alunos estão cada vez mais distraídos.

UM NOVO MUNDO

Chegou a hora de surpreendê-los!
Estou diante do quadro-negro e desenho uma Ferrari.
— Este é um carro muito legal! Precisamos de muitos destes para escapar dos maus T-rexes. Esses carros nos levarão a lugares especiais que NÃO CONHECERÍAMOS de outra maneira.
— Martin, não deveria inventar as estradas antes? — Trisha pergunta, aproximando-se da mesa, perplexa.

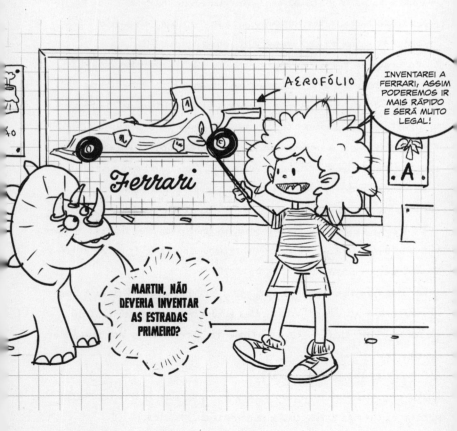

CAPÍTULO TRÊS

O QUE INVENTAR PRIMEIRO!

Aqui vamos nós de novo! Se eu inventar a estrada, terei de inventar os estacionamentos também!
Talvez a invenção do carro possa esperar.
Agora entendo as reais questões do mundo: o que veio primeiro, o carro ou a estrada?
A gasolina foi criada antes do carro?
Talvez eu não saiba nada sobre o planeta em que vivo.
Mas sou teimoso e insisto em explicar aos dinossauros o que é um carro e por que precisamos dele.

— O carro deve ser veloz para podermos ultrapassar todo mundo, até mesmo um guepardo. Além disso, poderemos ir à cidade, onde não há animais selvagens!
Waldo salta sobre a mesa empunhando um megaestilingue, criado por ele com a ajuda de Rapto, e quebra a mesa inteira.
— Talvez fosse melhor você inventar as bombas de gasolina antes, e também os equipamentos para consertar os carros, em caso de falhas mecânicas! — afirma Waldo, depois de se levantar entre os pedaços de madeira, como se nada tivesse acontecido.

CAPÍTULO TRÊS

Preciso diminuir minhas expectativas!
O mundo ainda não está pronto para a minha inteligência.
— Pessoal, esqueçam os carros. É mais sensato inventar a roda primeiro, pois poderemos criar bicicletas e carruagens.
Rapto pressiona a bochecha, ainda com os dentes doloridos.
Estou no meio da sala e ele se aproxima.
— Ainda seremos mais rápidos que os guepardos? — ele questiona.
Gargalho e respondo como um político em busca de votos.
— Claro! A bicicleta vai revolucionar suas vidas. Vocês serão muito ligeiros, até mais velozes que uma Ferrari!

No jardim da escola, nós nos juntamos para construir a primeira roda.
Waldo chega com uma pedra retangular e a coloca no chão.
— Esta pedra é redonda? — pergunta.
Levanto a cabeça e aceno para as letras escritas em quadros coloridos, importantes na alfabetização de crianças.
— Está vendo a letra M? É de miolo mole, o que você é! — grito, porque ele não entende nada.
Waldo me olha todo espantado, como se eu estivesse errado.
— Você disse que a roda é redonda, e esta pedra é redonda como a Terra. Certo?
Ele realmente não entendeu nada.

CAPÍTULO TRÊS

O MUNDO PARA WALDO

EXPLICAÇÃO: A TERRA É IGUAL A UMA PEDRA RETANGULAR. (SERIA WALDO O ANTEPASSADO DOS HABITANTES DA TERRA PLANA?!?)

Construo a bicicleta e finalmente encaixo as duas pedras redondas no lugar de pneus. Pelo menos, tenho certeza de que não serão perfurados.
Waldo e Trisha me encaram confusos.
Trisha decide subir na bicicleta, mas logo cai.
— Por que não inventa uma bicicleta de quatro rodas? — ela pergunta, machucada.
Aí entendi que a bicicleta também não era uma boa ideia!

AS AVENTURAS DE MARTIN SOBRE DUAS RODAS

Waldo, Trisha, olhem para mim... Sem as mãos!
Waldo, Trisha, olhem para mim... Sem os pés!
Essa não...!
Waldo, Trisha, olhem para mim....
Ops, sem os dentes!

AS AVENTURAS DE MARTIN SOBRE DUAS RODAS

CAPÍTULO TRÊS

Tenho uma ideia e quero falar com Rapto sobre isso.
Mas pra onde ele foi?
Olho em volta e nem sinal dele. Espero que não tenha saído para brincar de esconde-esconde. Justo agora que temos de nos organizar porque os inimigos podem voltar a qualquer momento. Trisha e Waldo também estão preocupados com o amigo, que reclama dos dentes o tempo todo. Espero que ele pare de brincar e saia de trás de algum arbusto o mais rápido possível.
— Rapto, cadê você? — grito desesperadamente. Ele é o mais engraçado da turma.
Os Pterodáctilos se aproximam e pergunto se viram Rapto.
— Hsifjassfl sjfssojfs! — eles respondem.
Hummmmmm...
Nós realmente não precisamos disso.

CAPÍTULO QUATRO
T-rex de Troia

Capítulo 9

— Foram os valentões! Sim, os valentões e os T-rexes raptaram Rapto! — explico aos meus amigos.
Foi o que os Pterodáctilos me contaram.
— Nãoooo!! — chora Waldo.
— Vamos mostrar a eles e aos sinistros nossa força! — afirma Trisha, rangendo os dentes.
Coloco meu cérebro para pensar e entendo tudo, como sempre! Sei por que eles sequestraram nosso amigo.
— Waldo e Trisha, ouçam bem! Eles sequestraram o Rapto para descobrir qual seria minha nova invenção; assim os valentões inventariam a solução para nos atacar. Talvez no meio da noite.

UM NOVO MUNDO

Trisha põe um pedaço de tecido sobre um dos olhos. Fico perplexo.
– O que é isso sobre seu olho?
É como se Trisha tivesse saído de um filme de ação.
– Estou pronta para a guerra! Um tapa-olho não nos deixa mais assustadores?
Dou risada porque ela nunca vai parecer aterrorizante, nem usando uma máscara de T-rex.
Waldo levanta a pata, como se estivéssemos em sala de aula.
– Professor, o que pretende fazer?
– Com certeza não vou esperar que nos ataquem!
– O que isso quer dizer?
– Tenho um grande plano em mente e vamos chamá-lo de "T-rex de Troia"!
– O quê?
Waldo tem um olhar amedrontado. Seu cérebro não pensa tão rápido quanto o meu.

CAPÍTULO QUATRO

— Eu serei Ulisses; você, Waldo, será Epeu, e Trisha, Atena!
Meus amigos não me entendem. Acham que falo por códigos.
Mas estou apenas exibindo minha exuberante cultura literária.
Já é hora de levá-los de volta à classe e explicar meu projeto no
quadro-negro. Talvez assim eles não me vejam como o único gato
de um canil.
— Vocês acreditam no meu cérebro de gênio? — pergunto-lhes.
Ninguém responde.
Prefiro entender o silêncio deles como um sim!

UM NOVO MUNDO

Estou diante da mesa e desenhei no quadro-negro um cavalo perfeito. Quem ilustra meu diário desenha muito mal (você deve ser paciente!).

— O cavalo de Troia foi uma arma de guerra, e de acordo com a história, usada pelos gregos para invadir a cidade de Troia. Após dez longos anos de cerco, os gregos colocam em ação um plano idealizado por Ulisses. Eles deixam a praia em frente a Troia, mas abandonam um enorme cavalo de madeira construído por Epeu, com a ajuda de Atena. Eles fingem que voltaram para casa, mas ficam escondidos em uma ilha vizinha, Tenedo. Dentro do cavalo, estavam muitos dos melhores guerreiros de Agamenon, liderados por Ulisses.

— Não seria mais rápido se esmagássemos um cavalo? — pergunta Waldo, levantando a pata.

Oh, céus, esses animais pré-históricos não são nada evoluídos.

CAPÍTULO QUATRO

— Claro que não! — respondo irritado. — Precisamos construir um enorme cavalo para você oferecer como presente aos sinistros. Eu serei o grande guerreiro escondido dentro do animal de madeira que vamos construir e, à noite, quando o Senhor Não e os sinistros estiverem dormindo, libertarei Rapto!
— Então, devemos construir um cavalo? — Trisha indaga.
— Tipo isso!
— Como assim?
— Não vamos oferecer a eles um cavalo! Vamos presenteá-los com um enorme T-rex de madeira!

UM NOVO MUNDO

— Você é um gênio! Suas ideias são extraordinárias! — Waldo exclama, sorrindo.
Eu apenas trouxe de volta uma passagem da história que estudei na escola, mas sei que é novidade no mundo jurássico e, principalmente, para os valentões. Sabe por quê? Porque nunca abriram um livro. Vencerei esta batalha porque o conhecimento sempre vence a ignorância.

As horas passam e nós três trabalhamos duro para finalizar nosso "T-rex de Troia". Estamos cansados, tão cansados que, se eu tivesse de dormir agora, o carneirinho dos sonhos nem precisaria me visitar.
Sento no chão e admiro o T-rex gigante de madeira.
— Martin, você falou sério quando disse que será o grande guerreiro que se esconderá dentro deste monstro de madeira? — Waldo pergunta, aproximando-se de mim.
Olho ao meu redor e digo com confiança:
— Você está vendo mais alguém forte e corajoso por aqui?
— Não! Não vejo ninguém! — ele apenas responde.
O típico rapaz desconfiado que acha impossível um gênio também ser forte.

DILEMA CIENTÍFICO:
se o homem descende do macaco, de quem o macaco descende? Melhor nem pensar nisso. Tenho de economizar meu cérebro para coisas mais importantes, como comer pizza!

UM NOVO MUNDO

Sim, confesso que meus músculos não são "canônicos", nem "tradicionais". Digamos que eles são músculos "diferentemente fortes".
Mas isso não vai me tornar um combatente menos confiável.
Sou Martin Little Brian. Sei que é um sobrenome estranho, mas este sou eu e não sinto vergonha por isso. Essas são as contradições da vida!
Chamo Waldo e Trisha e digo:
— Sei o que estou fazendo e vou trazer Rapto de volta para casa!

Antes de entrar no T-rex de Troia, olho para o céu. Uma nuvem estranha está sobre nossas cabeças. É cinza e aparentemente pesada. De súbito, um vento gelado começa a soprar.

CAPÍTULO QUATRO

Flocos de neve começam a cair sobre nossas cabeças. Waldo e Trisha observam esses pequenos pedaços de neve como se fossem mininaves alienígenas.

— O que é isso? — Trisha pergunta, com olhos arregalados como dois grandes balões negros.

Eles nunca viram neve e isso significa que algo terrível acontecerá em breve. A era glacial está dando seus primeiros sinais.

Reúno coragem e penso bem no que falar, pois não quero assustar meus amigos.

Penso por alguns minutos para encontrar o modo menos duro de contar-lhes a verdade. Respiro fundo.

— Pessoal, o que está caindo sobre nossas cabeças é... a MORTE!!! O congelamento está começando! Seremos transformados em cubos de gelo se não me escutarem! Talvez eu tenha exagerado um pouco. Sim, tenho certeza de que exagerei! Waldo e Trisha caem no chão. Eles desmaiaram. Jogo água em seus rostos e eles recobram a consciência.

— Venham, vamos encarar o lado positivo do problema. Muito em breve, vão entender o que são refrigeradores!

UM NOVO MUNDO

Eu sei, eu sei que poderia me poupar dessas brincadeiras idiotas, mas o meu cérebro costuma falar mais alto.

BLÁ-BLÁ-BLÁ

Trisha se levanta.
— Quero entregar nosso T-rex de Troia para aqueles bobões dos sinistros — ela diz, orgulhosa.
— Como vamos empurrar isso até os T-rexes? — Waldo pergunta.
— Colocaremos algumas rodas sob ele e o empurraremos — digo.
Finalmente, vejo em seus olhos um brilho de inteligência.
— É claro, com rodas! — Waldo repete.
Waldo, após alguns minutos, monta duas pedras triangulares sob o T-rex, e eu percebo que ele não aprendeu absolutamente nada até agora!

Esperamos a noite cair em Jurássika e na Vila dos Sinistros.
Acendemos o fogo para iluminar nosso caminho e sussurramos, para que os sinistros não nos ouçam. Chegamos na aldeia dos T-rexes, a vila onde os Tiranossauros malvados e os valentões moram.
Eles cercaram as cavernas como uma fortaleza de madeira.
Estão protegidos contra qualquer tipo de ataque; pelo menos, é o que pensam.
Esperamos o Sol surgir no céu e, quando seus primeiros raios mostram mais claramente dois T-rexes de guarda, Trisha se aproxima do grande portal e toca a campainha, que nada mais é do que o nariz de um pobre Brontossauro prisioneiro. Ele grita, de modo que Gin e Seng, os dois T-rexes em guarda, abrem a porta e andam em direção a Trisha.

UM NOVO MUNDO

– Quem é você? – Gin pergunta, gritando.

Trisha sorri e, com uma gentileza própria para a ocasião, narra a história que cuidadosamente preparou.

– Sou uma admiradora do Senhor Não!

– Uma admiradora do Senhor Não? – repete Seng, intrigado. É a primeira vez que ele conhece um Tricerátopo que idolatra um T-rex.

– Ele é o mais poderoso, o melhor, o mais malvado e o mais ignorante de todos os T-rexes! Como eu não me apaixonaria por ele, que trouxe o medo para a nossa vila? Fiquei fascinada.

Os dois guardas se entreolharam, sorrindo.

– O que quer de nosso grande líder?

Trisha sorri também, porque ela previu essa pergunta.

– Daqui a alguns dias será Natal, e ele receberá muitos presentes do Papai Noel, mas nada parecido com uma grande escultura de madeira, que não chegaria pela chaminé da lareira nem pela porta de entrada. Eu quero vê-lo feliz ganhando um grande presente, tão grande quanto sua enorme perversidade.

O NATAL ESTÁ CHEGANDO

PRESENTES PRESENTES PRESENTES
PRESENTES PRESENTES PRESENTES
PRESENTES PRESENTES PRESENTES
PRESENTES PRESENTES PRESENTES
PRESENTES PRESENTES PRESENTES
PRESENTES PRESENTES PRESENTES

CAPÍTULO QUATRO

UM NOVO MUNDO

Gin está saltitante porque tem um presente para seu chefe.
— Você me parece uma pessoa muito prestativa. Então, como agradecimento, deixaremos você voltar para sua vila e viver em pânico pelos próximos anos — Seng diz, mostrando seus dentes afiados a ela.
— Como você é gentil! — Trisha responde com sarcasmo, mas os Tiranossauros não percebem que ela está fingindo apreciar suas palavras. — Hoje, não vão fazer picadinho de mim e este é meu MARAVILHOSO presente de Natal. Vocês são animais adoráveis!
Os dois guardas ficam envergonhados, como se Trisha estivesse mesmo impressionada com a bondade deles.

CAPÍTULO QUATRO

— Posso cumprimentar o Senhor Não? — Trisha insiste.
Gin se aproxima da escultura móvel e balança a cabeça.
— Ninguém pode entrar na cidade. Pode ficar tranquila, seu T-rex será entregue a ele.
Trisha se despede com um sorriso.
— Entregue meu presente ao Senhor Não! Sua maldade é única, o que faz dele o mais maldoso entre todos os maldosos — ela elogia antes de partir.
Gin e Seng ficam sensibilizados. Nunca viram os oprimidos emocionados por serem dominados pelos mais perversos.
Eles pegam o T-rex de Troia e o arrastam para dentro da cidade.
Enquanto isso, Trisha encontra Waldo, que está à sua espera escondido atrás de uma pedra.
— Agora é a vez de Martin! — Trisha exclama.
Waldo, que acredita em mim, a tranquiliza:
— Martin é um herói e salvará Rapto!
Não! Espere, volte algumas frases. Não foi exatamente isso que aconteceu.
— Agora é a vez de Martin! — Trisha exclama.
Waldo, que acredita em mim, a tranquiliza:
— Martin é péssimo como herói, mas algo acontecerá e ele salvará Rapto! Vamos acreditar na sorte!

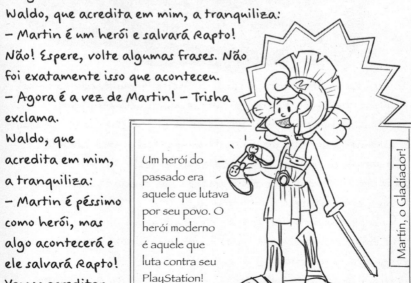

Um herói do passado era aquele que lutava por seu povo. O herói moderno é aquele que luta contra seu PlayStation!

Martin, o Gladiador!

ELE ENTENDEU QUE DEVE SALVAR RAPTO?

UM NOVO MUNDO

Já está escuro. Portanto, é tarde da noite. É noite, conseguimos!
Pequenos buracos me permitem ver se há alguém por perto.
Escuto o Senhor Não partir depois de falar com Mike, Eva e Adam.
— Estou feliz que eles me presenteiam por terem medo de mim; e não porque eu realmente mereça os presentes!
As ideias do Senhor Não são claras! Se sua bondade fosse uma árvore, certamente seria um bonsai.
É hora de sair do T-rex de Troia e encontrar Rapto.
Olho em volta, parece que todos foram para algum lugar. Ouço vozes vindas de longe.
Preciso ir para onde todos estão, mas sem ser visto; quem sabe assim posso saber onde Rapto está escondido.

CAPÍTULO QUATRO

A Lua é como um holofote iluminando os sinistros, que estão juntos em círculo, ao redor de Rapto. Meu amigo está trancado dentro de uma jaula e todos estão rindo dele.

Ele os entretém com seu show, e os sinistros parecem gostar de suas piadas.

Não suporto ver aquela cena. É que me faz lembrar de Céline Dion, em Las Vegas. Tenho de libertá-lo e levá-lo de volta a Jurássika. Rapto conta uma piada.

— Uma cobra macho conversa com um amigo. "Ela o abandonou?", o amigo perguntou. "Sim, mas tenho certeza de que ela vai voltar rastejando...", a cobra macho responde.

Os sinistros aplaudem entre gargalhadas. Encontraram seu divertimento gratuito, porque estou certo de que eles não sabem o que são direitos autorais e, muito menos, o preço de um ingresso.

OS TRÊS VALENTÕES

OS TRÊS VALENTÕES, ADAM, EVA E MIKE, SÃO COMO AQUELES GAROTOS ESQUISITOS DO ENSINO FUNDAMENTAL NO MUNDO MODERNO. VOCÊ DEVE SABER QUE EVA SEMPRE ESCREVEU A LIÇÃO DE CASA EM LETRA MINÚSCULA. POR QUÊ? PORQUE ELA ACHAVA QUE OS ERROS NÃO SERIAM PERCEBIDOS SE ESCRITOS EM LETRAS MIÚDAS. QUANTO AO ADAM, ELE SEMPRE DORMIA NA SALA DE AULA E, QUANDO A PROFESSORA DE MATEMÁTICA FALAVA QUE ELE NÃO PODERIA DORMIR NA ESCOLA, O MENINO RESPONDIA: "EU SEI, PROFESSORA, ISSO SÓ SERIA POSSÍVEL SE A SENHORA FALASSE UM POUQUINHO MAIS BAIXO!".

CAPÍTULO QUATRO

Espero o espetáculo terminar e todos irem dormir.

— Rapto é uma piada em pessoa e entretém todos os sinistros. Devemos mantê-lo aqui para sempre — diz Mike, o valentão, para Eva.

— Sim, sim, sim! — ela responde, pulando de alegria.

Ela está feliz como nunca, como nos dias em que trancava suas amigas de classe dentro do armário. Eva, quando está feliz, dá esses saltos sem parar.

— Mike — Eva continua —, posso jogar um pouco de água na cara dele antes de dormir? Sei que isso o irrita, daí podemos dar mais um pouco de risada.

Nunca entendi esses valentões: adoram humilhar os outros. O que passa na cabeça deles?

Na minha opinião, são como fósforos usados. O que quero dizer com isso? Que eles são completamente inúteis.

Adam bate palmas, como se o verdadeiro espetáculo começasse.

— Hora de perturbar! Sinto falta de irritar os outros. Ah, doces memórias da escola! — lamenta Adam, um pouco nostálgico.

Eva pega uma garrafa de água e começa a sacudi-la!

— Sim, não há nada mais divertido do que atormentar; caso contrário, seríamos nós os atormentados — brinca a menina do grupo. Mas suas brincadeiras são tão engraçadas como uma pedra atirada na cara.

ADAM, EVA E MIKE SÃO
VALENTÕES!!
ELES ADORAM
IRRITAR AS PESSOAS!!!!

UM NOVO MUNDO

LEGAL?
EVA BRINCA COM UM SINISTRO!

VALENTÕES REALMENTE NÃO SABEM COMO MANTER UMA AMIZADE!

CAPÍTULO QUATRO

Preciso detê-los antes que eles se divirtam demais à custa do Rapto. Todos os Tiranossauros que estavam no espetáculo já se foram, e os valentões foram deixados sozinhos. Preciso achar uma saída, caso contrário, meu amigo será humilhado de novo.

Descobri um jeito de ajudá-lo! O fogo pode ser útil para milhões de coisas, então decido acender uma fogueira.

Ontem, por acaso, inventei fósforos, enquanto todos dormiam!

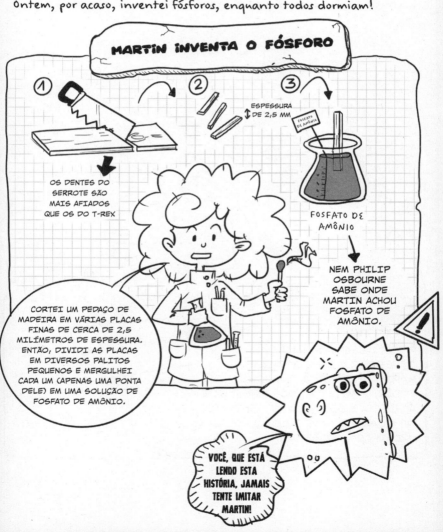

UM NOVO MUNDO

Decido acender uma fogueira com o fósforo para assustar os T-rexes.

Eles têm medo do desconhecido, e o fogo vai queimá-los caso se aproximem demais.

O pânico deverá chamar atenção de Adam, Mike e Eva, e eles terão de parar. Sim, farei isso e salvarei Rapto; é como todos os verdadeiros heróis agem para libertar amigos indefesos.

CAPÍTULO QUATRO

Exceto, se algo não sair conforme o planejado. Tento acender o fósforo, mas, em vez disso, minha camisa pega fogo. Nãooo! Por isso que todos dizem para não brincar com fogo!

Que droga! Começo a correr, com a minha camiseta em chamas, e todos os T-rexes me confundem com o homem-tocha, se é que eles sabem o que é isso. O Senhor Não está amedrontado e alarmado.

— Corram, afastem-se! O fogo do céu vai nos tostar como frangos no espeto! — ele grita para todos os sinistros.

Eles repetem, como se fossem contratados para gritar em UNÍSSONO: "Espeto!! Espeeetooo!".

O pânico continua, e aqueles que se diziam terríveis vilões, de repente, se parecem com crianças que têm medo da própria sombra, assim como eu senti do meu cabelo.

UM NOVO MUNDO

— Vamos! — chamo o Rapto.
Abro a jaula, ele me abraça e lambe meu rosto.
Estou feliz por vê-lo de novo. Senti saudade dele.
— Não temos muito tempo até eles perceberem que eu não sou o "fogo do céu". Vamos correr!
— Obrigado por arriscar sua vida para salvar um amigo com dor de dente — Rapto está sensível.
— Você não faria o mesmo? — pergunto.
— Olhe que lindo, uma estrela cadente! — ele exclama, dando um sorriso e mudando de assunto.
Corremos até sair pelos portões da vila. Waldo e Trisha estão a nossa espera.
Waldo está tão feliz em nos ver que, sem perceber, ele nos diz:
— Montem em mim, que eu vou levá-los até Jurássika!
— Waldo, você não é um Pterodáctilo! — tento lembrá-lo disso, esperando trazê-lo de volta para a realidade. Mas ele apenas sorri docemente e diz:
— No fundo do meu coração... Eu sou!

SUPER-RAPTO
SINISTROS PRECISAM DE DIVERTIMENTO!

CAPÍTULO QUATRO

UM NOVO MUNDO

Corremos e damos um jeito para deixar os malvados e bobocas sinistros para trás.

ELES NÃO SÃO ESPERTOS!

Antes que entendam nosso plano, um bom tempo se passa. Estamos livres!

ESTAMOS LIVRES!

Finalmente poderemos voltar para Jurássika e convencer o maior número de dinossauros de que o congelamento está próximo.

Não podemos perder mais tempo, porque em breve tudo será congelado e não haverá mais dinossauros.

Escutamos um barulho estranho vindo do céu.

Por sorte, é lua cheia, o que me permite ver o que causou aquele som estranho, como o ruído de muitas folhas esmagadas.

Estou sem palavras. Um drone nos tempos pré-históricos?

O que está fazendo aqui?

O drone está carregando uma enorme caixa.

O que será?

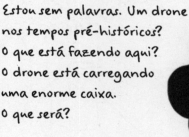

UM NOVO MUNDO

O pior está chegando.
Como acessaram a tecnologia em plena era pré-histórica?
E o que os sinistros estão tramando?
Continuem lendo meu diário para descobrir o que acontecerá, é claro!

O que os sinistros e os valentões estão tramando?

Sinto que o pior está por vir.

O pior está por vir

O que os sinistros estão tramando?

O que farão...

Como acessaram...

Para saber, continuem lendo meu diário...

O que havia no pacote?
Os valentões e os sinistros juntos são como fogo e gasolina. Uma equipe explosiva!

CAPÍTULO CINCO
Celulares superespeciais

Capítulo 5

Bem, vamos falar sério agora. Não tenho mais tempo para adiar. Não acredito que o congelamento vai mandar recado para avisar quando chegará. O mundo dos dinossauros depende de mim e eu salvarei estas... estas criaturas horríveis e estúpidas. Mas por que eu faria isso? Por meus maravilhosos amigos e também por aqueles que não entendem. Óbvio!

Um herói não se pergunta quem irá salvar; no entanto, quer saber onde se compram roupas legais na era pré-histórica, tipo as roupas superbacanas dos heróis da Marvel. Tenho um plano perfeito e perguntei a Waldo, Trisha e Rapto como reunir todos os habitantes de Jurássika. Vou lhes explicar como podem ser salvos. Elaborei um plano perfeito. Estranhamente, porém, poucos comparecem à minha palestra.

UM NOVO MUNDO

Eu sei que falar sobre extinção das espécies não é um assunto interessante, mas não posso fingir que nada aconteceu e sair vendendo sorvete, como se o verão fosse durar para sempre. Mesmo porque, com o T-rex por aí, todos os sorvetes seriam dele.

CAPÍTULO CINCO

Minha missão é salvar esses dinossauros malucos, afinal, não sou um péssimo herói. Um Brontossauro me falou que os T-rexes estão doando celulares. Hmmm!

Então era isso o que os drones carregavam: celulares.

Por que estariam doando esses aparelhos?

Como será que eles encomendaram todos esses celulares?

Essa foi uma ideia dos valentões, tenho certeza! Talvez eles pensem que este é o momento de dominar os dinossauros e que o único meio de falar com todos eles seria pelos celulares!

Bem, eles já sabem que os dinossauros são obcecados por videogames! Tenho de explicar meu plano a todos antes que os valentões convençam cada dinossauro de que o congelamento nunca virá.

DILEMA CIENTÍFICO:

o que o primeiro dinossauro fez ao se ver sozinho? E, uma dúvida ainda maior, ele se deu conta de que era vegetariano depois de ter comido algum pobre animal?

Querido Diário, você deveria saber que dinossauros são loucos por celulares, pois, quando os encontram, eles não se preocupam em conversar uns com os outros. Estou convencido de que eles baixarão um aplicativo para rastrear os animais mais próximos, prontos para serem devorados.

UM NOVO MUNDO

Estou na sala de aula e todos me encaram com aquele olhar curioso e um tanto amedrontado. Preciso tranquilizá-los... E eu sei que posso, com o plano perfeito. Já é hora de explicar a eles.
— Vamos começar com a regra básica: a era do gelo é levemente fria. Isso significa que precisamos construir um lugar quente como refúgio.
Waldo levanta sua pata.
— Precisaremos de muitos cobertores? — ele pergunta. — Sou um ótimo costureiro de cobertores!
Eu rio porque ele não entende que a temperatura despencará para menos de zero, e que apenas cobertores não serão suficientes para nos proteger do frio.
— Cobertores gigantescos serão importantes para os mamutes, Brontossauros e para todos, mas não serão suficientes. O frio fará seus dentes rangerem, e sequer conseguiremos dar um passo; por isso, construiremos túneis aquecidos!
Mostro meu projeto no quadro-negro: desenhos sempre ajudam a esclarecer planos inteligentes.

UM NOVO MUNDO

— Escolheremos túneis subterrâneos e colocaremos estoque suficiente de comida, além de madeira para aquecer os corredores. Em seguida, montaremos uma grande sala com uma enorme fogueira, que poderá ser alimentada por todos nós, até o congelamento acabar.

Espero ter sido claro em minha explicação.

Rapto aperta o dente que não para de doer e pergunta:
— Martin, quando o frio chegar, posso fazer bonecos de neve de areia?
O eterno brincalhão!
Estou rindo alto; Rapto é um comediante nato e consegue ser divertido mesmo em momentos difíceis.
— Para sermos capazes de nos salvar, teremos de estar em maior número, e cada um deverá fazer a sua parte. Deveremos ajudar uns aos outros e acabar com essa história estúpida de "a natureza nos fez caçadores". Já é hora de evoluirmos e fazermos parte de uma mesma família! — explico, resumidamente.
Waldo, Trisha e Rapto me aplaudem, mas os demais se levantam e deixam a sala.

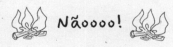

Nãoooo!

— Onde estão indo? — pergunto.
— Pegar os celulares! — responde Spin, o Brontossauro que sonha em abrir a primeira pizzaria dos tempos pré-históricos.

94

UM NOVO MUNDO

Deixo a sala e, com tristeza, vejo um drone jogando uma caixa enorme com todos os tipos de celulares dentro.
Os dinossauros se aglomeram para pegar seus celulares.
— Quantos jogos! Há muitos deles para nos divertirmos! — grita Bronto, feliz da vida.
Os demais dinossauros também estão felizes e não querem escutar minhas histórias tristes sobre o congelamento.
Agora eles têm seus brinquedos.

TODOS ESTÃO FELIZES!

NINGUÉM QUER PENSAR SOBRE CONGELAMENTO.

— Sem dúvida alguma, a maior invenção da história da humanidade é o celular. Oh, certamente a roda também foi uma grande invenção, mas uma roda não é tão maravilhosa quanto um celular! — diz Fester, o Estegossauro que um dia sonhou com a fabricação do primeiro carro pré-histórico.
Estou desapontado... Eles parecem estar fora de si. Não serei capaz de combater o congelamento se todos estiverem obcecados por telefones. Preciso de uma ideia, mas, antes de pensar nela, mais péssimas notícias chegam.

MÁS NOTÍCIAS CHEGANDO!
**AQUI VAMOS NÓS DE NOVO!
SEM TEMPO PARA RELAXAR!**

96

CAPÍTULO CINCO

— Os celulares possuem memes inventados pelo Senhor Não! — diz alegremente Spike, o engenheiro de computação da pré-história que, após a revelação do fogo, descobriu a água quente.

TODOS AFIRMAM POR AÍ:

SPIKE INVENTOU A ÁGUA QUENTE. UM VERDADEIRO GÊNIO!

— Meme? — pergunto.
— Sim, eles têm memes superengraçados do Senhor Não!
— Sobre o quê?
— Sobre o congelamento, é claro!
— Ele quer convencer todos os dinossauros!
— O mais rápido possível!
Você está pronto para vê-los? Com isso, ninguém, eu disse ninguém, vai levar a sério a extinção das espécies, o que será um desastre.

Se não tem nada mais interessante a fazer, passe pelas próximas quatro páginas e descubra os memes do diabólico Senhor Não!

UM NOVO MUNDO

MEME NÚMERO 1

Quando você quer desviar a atenção de um problema e diz uma coisa muito estúpida.

CAPÍTULO CINCO

MEME NÚMERO 2

Quando você quer desviar a atenção de algum problema e diz MAIS coisas estúpidas.

UM NOVO MUNDO

MEME NÚMERO 3

Quando você faria qualquer coisa para negar a existência do congelamento.

CAPÍTULO CINCO

MEME NÚMERO 4

Quando você começa a desviar a atenção do mesmo problema de antes, mas chega a ser quase ridículo.

UM NOVO MUNDO

Isso é um absurdo! Ninguém vai me seguir, todos vão achar o Senhor Não muito divertido. Seus memes são fantásticos, e ele sabe como ser convincente, mesmo que desonestamente.

Não há túneis suficientes para salvar todos os animais pré-históricos nem tempo para construir novos; terei de inventar escavadeiras.

Se apenas Waldo, Rapto, Lloyd e Trisha estiverem dispostos a me seguir, será impossível deter o congelamento.

Eu sei que há uma solução para tudo, e começo a pensar.

ESTOU PENSANDO, MAS NÃO CONSIGO ME CONCENTRAR.

Quem sabe no mundo moderno o novo FIFA para PS já foi liberado!

O que há de errado com meu cérebro? Tenho de me concentrar em coisas sérias e desenvolver um plano que convença a todos de que a era do gelo é real e iminente. Em breve, o mundo será um enorme sorvete; no entanto, todos estão rindo diante de seus celulares.

"É claro!". Fico exultante, como se tivesse ganhado o Super Bowl ou a Liga dos Campeões.

A solução, como sempre, é simples. Devemos apenas descobri-la.

Chamo meus amigos para a frente do quadro-negro e explico a eles meu brilhante plano.

— Pessoal, sei que os memes do Senhor Não são convincentes e divertidos... Sei também que ele se tornou o influenciador mais seguido da pré-história. Porém, isso só é possível porque ele tem Adam, Eva e Mike como seus aliados.

CAPÍTULO CINCO

— Eles têm experiência com tecnologia e tornaram o Senhor Não tão popular. Se eu fosse Phil, o nerd, um grande amigo meu, teria invadido os celulares e enviado alguns memes sobre congelamento. Eu teria explicado a realidade, mas não sou um hacker; e, para acessar a conta do Senhor Não e divulgar memes com a verdade, eu terei de roubar seu celular. Não há outra solução. Ele é o influenciador com mais admiradores.
Rapto treme só de pensar na ideia.
— Você quer voltar à Vila dos Sinistros e ser devorado? Como pretende voltar lá? — ele pergunta.

UM NOVO MUNDO

— Aquele lugar está cheio de vilões e animais carnívoros! — diz Waldo. — Talvez devamos inventar um avião e voar para outro planeta. Já posso ver nós quatro na Lua, jogando cartas. Isso seria o máximo.

JOGANDO CARTAS NA LUA? DEMAIS!!!

Trisha fica raivosa, range os dentes e exclama com sua determinação de sempre:
— Este é nosso mundo e não vamos fugir. Vamos salvar o planeta do congelamento e roubar o celular daquele T-rex tirano!

VAMOS LUTAR MUITO ANTES DE DESISTIR. VAMOS BRIGAR. E COM SEU CELULAR CONVENCEREMOS TODOS.

— Mas como faremos isso? — Rapto pergunta, vacilante, ainda atordoado com os recentes acontecimentos.
Eu interfiro e vou para diante do quadro-negro mais uma vez.
— Desta vez, vamos fazê-los vir até nós e todos entregarão os telefones em nossas mãos.
— O que você tem em mente? — Trisha me pergunta, intrigada.
O que tenho em mente é um plano absurdamente inteligente, tanto que até fico sem jeito pela agilidade com que meu cérebro trabalha.

CAPÍTULO CINCO

— Daremos ao Senhor Não e aos valentões novos celulares. Diremos que os novos aparelhos têm funções superespeciais e ao mesmo tempo roubaremos os dados do celular de Mike. Em seguida, vamos nos comunicar com todos pelo perfil do Senhor Não!

UM NOVO MUNDO

— Eles perceberão que somos nós, vão nos reconhecer — Trisha está muito intrigada e expõe suas dúvidas.
— Vou lhes explicar a segunda parte de meu plano e entenderão por que não seremos reconhecidos. Diremos que temos celulares mais avançados porque acabamos de chegar do mundo moderno, com o ônibus "mágico"; e, para que não descubram quem somos, pensei em alguns disfarces, incríveis, obviamente.

MEU DISFARCE

CAPÍTULO CINCO

Trisha ri com satisfação, e Rapto parece ficar com inveja porque ela não riu das brincadeiras dele.

Mas eu não estou brincando, e deixo isso bem claro.

— Não há motivos para risadas. Meu plano é perfeito. Como Carl, o cientista da computação, montarei um estande na entrada de Jurássika e, quando eles chegarem, explicarei como funcionam os novos celulares que eu desenvolvi, mas pedirei em troca os antigos aparelhos. Não venderei os novos sem que me entreguem os velhos — explico.

— Brilhante! — exulta Waldo. — Você é um jovem brilhante. Um dia, voará comigo sobre Jurássika. Você merece!

— Waldo, você não voa! Lembre-se disso. Você não quer cair em um barranco, certo? — pergunto, sorrindo, de olho no meu amigo. Trisha é a mais animada e interessada em todos os detalhes.

— Não teremos mais disfarces? — ela pergunta.

— Sim!!! Eu amo disfarces! Também quero um! — Waldo exclama, animado.

— Claro! — esclareço a todos. — Trisha, você será Sally, a gerente de propaganda de minha empresa.

— O quê?

— Você simplesmente listará uma série de números e dirá palavras como "crescimento" e "redução", algumas vezes. Você os fará entender como os novos celulares mudarão a vida de quem comprá-los.

— E como deverei me vestir?

UM NOVO MUNDO

CAPÍTULO CINCO

— Você estará vestida com a maior elegância. Todos ficarão paralisados ao vê-la. E com uma boa conversa, vai convencê-los de que não se pode ser feliz e bem-sucedido sem o novo celular.
— Posso falar com sotaque francês? Sempre quis fazer isso!
— Claro que sim! Isso ajudará no disfarce.
— Posso dizer que eu tenho um motorista?
— Não inventamos o carro ainda!
— Ah, verdade, esqueci que abandonamos o projeto! Mas ia cair muito bem para uma gerente de propaganda!
Respiro fundo e olho para Waldo, que fica vermelho de vergonha; ele é extravagante e envergonhado ao mesmo tempo.
— Quem eu vou ser? — ele pergunta.
Eu faço uma pausa, e a expectativa quase faz meu amigo desmaiar.
— Você será a peça principal de meu plano perfeito!
— Fale, fale. Estou curioso!
— Você será...
— Eu serei?
— Você será o cliente que quer comprar o celular a qualquer preço!
— Como assim?
Waldo não entende e tento explicar melhor.
— Você fingirá ser um cliente para despertar o interesse do Senhor Não pelo nosso telefone. Você deve querer comprar o celular a qualquer custo.

UM NOVO MUNDO

— Como eu vou me vestir?
— De um jeito irreconhecível!

Waldo está feliz.
— Eu já lhe disse que amo disfarces?! Posso acrescentar mais detalhes ao meu personagem?
— Quais, por exemplo?
— Como todos os atores, vou mergulhar no papel. Preciso de alguns detalhes sobre a vida de meu personagem. Quem sabe

CAPÍTULO CINCO

meu nome não seja Sophia e eu tenha um ex-namorado, um Pterodáctilo chato, que me deixou porque mal conversávamos; afinal, os Pterodáctilos são impossíveis de compreender. Talvez eu ainda possa usar um sotaque britânico, porque eu venho de uma família de nobres Brontossauros.
Waldo é mesmo extravagante e criativo. E eu concordo.

WALDO SE DISFARÇARÁ DE UMA BRONTOSSAURO BRITÂNICA MUITO, MUITO RICA! SOMENTE EU PODERIA TER IDEIAS TÃO INTELIGENTES!

Tenho certeza de que ele vai se sair muito bem no papel de "Sophia, a cliente"!
Rapto pressiona a bochecha e eu sei que o curativo em sua boca poderá ser um problema para o disfarce.
— Você vai me dar um papel de comediante? — ele pergunta, aproximando-se de mim.
Mas... Você acha que subiremos ao palco para atuar?
Este é meu plano para roubar o celular!
— Rapto, você será meu técnico e assistente. Vai vestir um casaco e um capacete; assim ninguém vai reconhecê-lo.
Rapto fica feliz em saber que vai atuar ao meu lado... E quem não ficaria?

UM NOVO MUNDO

CAPÍTULO CINCO

Rapto pula de alegria.

— Não devo exagerar sobre os benefícios do celular? — ele pergunta.

— Você pode exagerar... Deve ser um bom mentiroso, é claro, para recuperar o telefone do Senhor Não!

— Eu não diria um mentiroso. Prefiro dizer que vejo o outro lado dos fatos.

Eu dou risada! Waldo sempre consegue achar as palavras certas e mais divertidas.

MARK TWAIN, UM ESCRITOR MAIS TALENTOSO DO QUE PHILIP OSBOURNE, DISSE: "SE VOCÊ SEMPRE FALAR A VERDADE, NÃO PRECISARÁ SE LEMBRAR DE NADA". MAS RAPTO PODE ABRIR UMA EXCEÇÃO E CONTAR MENTIRAS PARA SALVAR O MUNDO.

Agora que temos um plano e que os papéis estão definidos, temos de construir um estande falso na entrada de Jurássika e colocar uma placa dizendo: "A partir de amanhã, lançamento e venda dos celulares mais modernos e potentes do mundo".

113

UM NOVO MUNDO

Eu abraço meus amigos, saio da sala de aula, admiro o pôr do sol e me sento no chão para pensar.

Trisha se aproxima, senta-se ao meu lado, sorri e lança um olhar terno para mim.

— Está preocupado com algo? Seu plano é perfeito — fala, por fim.

Normalmente meus planos são perfeitos, mas também cometo erros.

Olho para ela com um sorriso envergonhado.

— Esqueci que precisamos de um celular com um visual bem legal! — explico.

— Toda grande ideia tem uma grande falha. Mas a sua é tão enorme que torna o projeto ridículo. — Trisha me conforta com as palavras certas. — Porém, não se preocupe, acharemos uma solução!

Ela tem um jeito estranho de me consolar.

— Já sei! — grito enquanto me levanto e começo a dançar como se estivesse em uma festa.

Eu giro, giro, como se fosse um pião nas mãos de uma criança habilidosa.

— O que deu em você?

— Tenho um celular... Preciso apenas modificá-lo e já sei como fazê-lo!

MIKE E A DANÇA DO T-REX

MIKE NÃO DANÇA COMO EU. ALÉM DISSO, OS VALENTÕES SEMPRE TÊM IDEIAS CONFUSAS...

CAPÍTULO CINCO

ESTÁ PREPARADO PARA OS MAGOS DO DISFARCE? O MUNDO ESTÁ PREPARADO PARA A TURMA DE JURÁSSIKA?

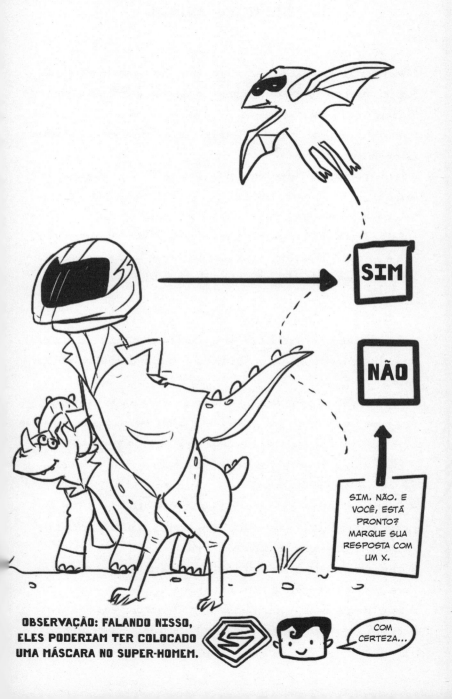

UM NOVO MUNDO

Somos espertos, inteligentes e organizados o suficiente para fazer a apresentação de nosso novo celular, que chamaremos de "iPooh", como uma homenagem ao Ursinho Pooh.
Como imaginamos, todos os T-rexes vieram da vila e rodearam o estande que montamos.
O Senhor Não e os valentões foram os primeiros a chegar, com a arrogância de sempre, mostrando sorrisos sarcásticos a todos.
Eva é a mais curiosa.
— Estou louca para conhecer esse incrível celular! O cartaz diz que é possível fotografar uma página de um livro à noite, mesmo estando a mais de cem metros de distância! — ela afirma.

— E para que isso te serviria? Você não lê livros, nem de dia nem de noite, e muito menos a distância — Adam dá sua opinião, rindo.
O Senhor Não se aproxima do balcão e olha para mim. Meus óculos de Clark Kent não permitem que ele me reconheça. Ainda bem que o disfarce do Super-Homem não é uma enganação.
— Ei, pirralho, jogue pra cá seu novo celular! — ele ordena.
Eu jogaria com muito prazer, na sua cara.
— Por favor, pode me chamar de Carl! Meu assistente Took ou nossa gerente de propaganda Sally explicará os benefícios de nosso novo celular inteligente — explico.
Trisha, com a etiqueta escrito Sally pendurada no casaco, sorri para os três valentões e para o Senhor Não.
— Serei breve: hoje, vocês têm seus telefones carregados, mas isso será por pouco tempo, pois a eletricidade ainda não foi

CAPÍTULO CINCO

inventada. Porém, o iPooh é recarregável com energia solar! Basta mantê-lo sob a luz do Sol e pronto: o celular está recarregado e pode ser usado! — explica.
— Uau! — todos os T-rexes exultam ao mesmo tempo. Eles estão maravilhados!

*SE ATÉ O SOL ESTÁ FALANDO ISSO...

UM NOVO MUNDO

Waldo chega, assumindo o papel de Sophia, a cliente, e começa a gritar no meio da multidão.

— Saiam do meu caminho! Quero ser a primeira a comprar. Eu sou tão rica, tão rica que se fosse dar à luz, eu daria à luz um ovo de ouro!

— Ei, eu sou um sinistro, sabia?!... — o Senhor Não grita, furioso e ameaçador. — Você até pode ser uma Brontossauro bonitinha, mas nós chegamos primeiro; além disso, somos mais fortes. Se não quiser virar um espetinho de carne, dê meia-volta para sua cidade!

— Obrigada pelos elogios — Waldo sorri —, mas preciso ter esse celular antes de todos.

Então, dou um passo à frente, como combinado.

— Quem me der cem galhos secos, quinze cocos verdes e um celular usado vai ganhar o primeiro aparelho mais tecnológico do mundo — explico.

Mike pega seu celular, que possui a conta do Instagram do Senhor Não, coloca sobre o balcão e chama o sinistro, que traz o carrinho com tudo o que pedi.

Lamentavelmente, o carrinho não possui rodas redondas e, sim, retangulares. O que deixa claro que ninguém aqui entende a diferença entre um círculo e um quadrado. Estou sem palavras! Mas vamos adiante.

Rapto, que finge ser meu assistente, de capacete na cabeça para não ser reconhecido, pega o aparelho de Mike com uma rapidez absurda e o coloca sob o balcão. Na mesma hora, um Pterodáctilo o põe na boca e, em poucos segundos, leva o celular para um lugar mais seguro. Perfeito! Plano concluído.

CAPÍTULO CINCO

Entregamos o novo celular, que não funciona, e saímos disfarçadamente enquanto os sinistros cercam o Senhor Não para admirar o Ipooh!

Os T-rexes são mesmo malucos por celulares. Como não conseguem entender que o congelamento está chegando?

O novo Ipooh simplesmente os impede de pensar.

UM NOVO MUNDO

Chegamos a Jurássika, entramos na sala de aula e todos pensamos em uma senha para acessar as informações do celular de Mike. Assim, conseguiremos entrar no perfil do Senhor Não e contar a todos os dinossauros que o congelamento é real, e que por isso todos deverão dar uma patinha para cavar os túneis.

COMO PODEMOS SALVAR O MUNDO SE NÃO ESTAMOS TODOS UNIDOS? DEVEMOS ABRIR NOSSOS OLHOS O MAIS RÁPIDO POSSÍVEL!

— Talvez a senha seja "Nãocongelamento" — Waldo sugere.
Eu tento: está errado!
Não podemos fazer nada.
— Que tal — Trisha propõe — "Foraescola".
Tento essa senha também. Nada.
Rapto se aproxima ainda com a pata na bochecha.
— E se ele fosse idiota a ponto de escolher a senha "Senha"? — ele pergunta, sem muita convicção.
Soltamos uma gargalhada; quem seria tão estúpido para definir como senha a palavra "Senha"?
Digito e... Sim, conseguimos!
— Você tem razão, Rapto! Mike nunca se lembraria de qualquer outra palavra que não fosse "Senha". — parabenizo nosso comediante.
— Muito bem! Agora é hora de enviar nossos memes sobre o congelamento, com uma melhoria nas fotos do Senhor Não, claro!

CAPÍTULO CINCO

MEME NÚMERO 1 (A CONSCIÊNCIA)

Combate ao CONGELAMENTO!
Venham construir TÚNEIS SEGUROS!

UM NOVO MUNDO

MEME NÚMERO 2 (A CONSCIÊNCIA)

Combate ao CONGELAMENTO!
Venham construir TÚNEIS SEGUROS!

CAPÍTULO CINCO

MEME NÚMERO 3 (A CONSCIÊNCIA)

Combate ao CONGELAMENTO!
Venham construir TÚNEIS SEGUROS!

UM NOVO MUNDO

Todos os dinossauros se apresentam em bando e tranquilos diante da escola, prontos para nos ajudar a salvar o planeta do congelamento.

Eles sorriem e carregam nas patas cartazes com os seguintes dizeres: "O congelamento é uma realidade!" e "Não congele diante do congelamento!".

Os memes foram mais convincentes do que as mil palavras de cada palestra que fiz.

Não sei se é certo ou errado, mas estou feliz porque agora todos trabalham por uma mesma causa.

SERÁ QUE OS T-REXES UM DIA ENTENDERÃO QUE NENHUM APLICATIVO PODERÁ AJUDÁ-LOS A SER LIVRES E CRESCER COM AMOR?

Um celular foi mais importante do que todas as minhas batalhas, e por isso eu deveria ter escondido o aparelho em vez de deixá-lo em minhas mãos, afinal, um Pterodáctilo sinistro poderia arrancar de mim e mandá-lo para o espaço.

Por essa eu não esperava!

Sem o aparelho, voltaremos às mãos do Senhor Não! A conta do Instagram desse maluco afeta o mundo inteiro.

— Não! — grito. — O Senhor Não mandou um sinistro entrar furtivamente e pegar de volta o celular. Precisamos recuperá-lo.

CAPÍTULO CINCO

Nenhum dos dinossauros quer brigar com o Senhor Não. Eles têm medo de seu líder e dos valentões. Mas como posso deter o Pterodáctilo do mal, que está a caminho do vale encantado? Logo mais, será impossível saber do seu paradeiro.
— Vou atrás daquele ladrão! — Waldo diz, sem medo.
Todos riem dele e de suas palavras.
É injusto se divertir à custa de meu amigo só porque ele não é um pássaro. Independentemente do que todos pensem, pelo sim ou pelo não, ele é o mais indicado para voar.

Waldo saca seu par de asas de papel.
— Trarei o aparelho de volta.
Mas ninguém acredita em suas palavras.
Ele é um Brontossauro, mas está convencido de que pode ter sucesso em sua empreitada, assim como um herói dos filmes de cinema.
— Apenas quem não tem imaginação não possui asas para voar — diz antes de partir.
Waldo voa no céu como a maioria dos graciosos pássaros. Está bem, talvez eu esteja exagerando. Vamos dizer que as asas de papel permitem que Waldo plane pelos ares.

UM NOVO MUNDO

Meu pequeno amigo permite que todos vejam sua felicidade e repete:

— Voar é fantástico! Voar é fantástico. E para aqueles que ainda têm dúvidas: voar é fantástico!

— Foque apenas em trazer o celular de volta! — diz um dos dinossauros, talvez o mais prático, que estava presente no encontro.

Mas Waldo não deseja que o vento o traga de volta ao chão. Ele voa pelo prazer de voar!

WALDO AMA VOAR E AJUDAR OS AMIGOS. NÃO LHE FALTA CORAGEM... MAS ELE SÓ POSSUI UM PAR DE ASAS!

O Pterodáctilo sinistro não se preocupa com a chegada de Waldo; pelo contrário, ele se diverte porque o voo do meu amigo é desajeitado.

Ptero zomba dele girando e se afastando quando meu amigo tenta alcançá-lo.

Meu querido Brontossauro não é alguém que desiste fácil e não se preocupa nem um pouco com o sarcasmo do Pterodáctilo.

Waldo respira fundo, segurando nos pulmões o máximo de ar que consegue, fecha os olhos e repentinamente se vira, atingindo o sinistro.

Uau! Parece uma flecha atingindo o centro do alvo.

Ambos caem rapidamente num lago abaixo deles.

— Nãooooo! — Waldo grita.

UM NOVO MUNDO

Todos já imaginam os dentes, afiados como navalha, das piranhas.

Eles sabem que essas terríveis criaturas mordem com uma força absurda e rasgam em pedaços mesmo a armadura mais forte, porque são piranhas jurássicas. Elas não são pequenas e se parecem com tubarões, só que mais fatais.

O estrondo de Waldo e Ptero na água é forte, e os respingos chegam ao meu rosto e também em Trisha e Rapto. Observamos tudo do penhasco.

— E agora? — Rapto me pergunta, preocupado. — O que será de Waldo?

— Vou pegá-lo e trazê-lo de volta para casa! — afirmo a todos, esperando acalmá-los.

— Como? — Trisha é sempre a mais cética.

— Com ciência, é claro! Com o que mais? — respondo.

Eles me olham com curiosidade, até intrigados. Então, visto a máscara de mergulho com o snorkel, que estavam em minha mochila.

— Com isto! Antes de eu chegar aqui em Jurássika, estava a caminho da casa de minha avó. Iríamos juntos para a praia — explico.

CAPÍTULO CINCO

Estou com medo de saltar do penhasco, mas Waldo não sai da água... Talvez ele não consiga nem nadar, ou talvez tenha sido devorado pelas piranhas.
— Vamos, pule! — Trisha me incentiva.
Ela faz tudo parecer fácil, mas minhas pernas estão tremendo. Por que eu preciso ser um herói?
Tento calcular quantos metros de altura há entre mim e o mar. Enquanto penso nisso, um T-rex do bem passa por mim e me pergunta que horas são. Isso me distrai, eu me desequilibro e caio.
— Socorroooo!
Ele não poderia ter perguntado as horas para qualquer outra pessoa?!
Trisha está gargalhando sem parar.
— Do que está rindo? — grito, vendo-a se divertir.
— Você sabe como respirar debaixo d'água, mas sabe como não ser devorado por piranhas?
Boa pergunta, e, querido diário, quando eu tiver a resposta, será o primeiro a saber.

SÓ QUERIA SABER A HORA...

Um pouco de curiosidade não lhe fará mal!
Permaneço calado porque na água é melhor ficar de boca fechada.
Rápido como uma bala, afundo por cerca de dez metros e levo alguns segundos para me situar debaixo da água.
Meu amigo Waldo está no meio das algas, preso sob uma pedra.

SÃO DUAS HORAS!

UM NOVO MUNDO

Por sorte, ele está a menos de um metro da superfície.
Ele não está respirando, então, com todas as minhas forças, eu o alcanço nadando como um sapo. Na hora, eu me arrependo de nunca ter feito um curso de natação!
Quase sem fôlego, subo para a superfície por alguns instantes. Respiro pelo snorkel para, em segundos, voltar até Waldo.
Tento empurrar meu amigo para cima para que ele coloque suas narinas para fora da água.
Exausto, faço um esforço para fazê-lo emergir.
Ele respira e de repente acorda.
– Onde estou? – pergunta.
– Você está a salvo! – eu o tranquilizo, como um verdadeiro herói faria na televisão ou no cinema. Nesse momento, uma música épica de fundo seria legal.
Mas fomos obrigados a economizar dinheiro!
Estou feliz!

Salvei meu amigo, recuperei o telefone de Mike e, antes que o aparelho pare de funcionar de vez por ter ficado submerso na água, troco a senha da conta do Senhor Não e depois eu a apago!

POR QUE NÃO GANHAMOS UM OSCAR NA VIDA REAL QUANDO REALIZAMOS GRANDES FEITOS?

CAPÍTULO CINCO

Ninguém será capaz de usar esse perfil novamente, e se alguém tentar abri-lo não irá conseguir. Missão cumprida!

Agora é hora de voltar para meus amigos pré-históricos, e construirmos juntos os túneis que nos salvarão da era do gelo. Nada nem ninguém poderá nos deter.
Pelo menos, eu acho... Até a neve começar a cair.
De repente, vejo o medo nos olhos de meus amigos. Então, eu os chamo para se esconderem nos túneis existentes. A neve cai incessantemente.
Não temos tempo para trazer suprimentos para o refúgio ou construir túneis suficientes para todos.
Vou elaborar um plano B depois de levar o máximo possível de animais para o abrigo.
Minha turma e eu conseguimos trazer mais de cem T-rexes, Brontossauros e outras espécies para dentro dos túneis naturais. Somos o máximo!
A neve não para de cair lá fora, as ruas estão brancas e apenas depois de três longas horas eu vejo o Sol voltar a pino, lançando raios cheios de calor.
Como isso é possível?
O congelamento não chegou!
Foi um alarme falso.
Agora já não tenho certeza de que o mundo jurássico será extinto pelo congelamento. Como isso é possível?

UM NOVO MUNDO

Vejo meteoritos caindo ao chão.
Chego mais perto e me dou conta de que estava enganado.
Essa não! Eu estava errado!

  CHEGANDO!!!

PEQUENOS, MAS RESISTENTES METEORITOS!

Eu não gosto nada disso!
E se os dinossauros foram extintos por causa dos meteoritos?
Talvez os livros escolares estivessem errados!
Cientistas podem se enganar, eventualmente.
Preciso pensar em um novo plano e implementá-lo antes que a Terra vire um estacionamento para pedras do espaço.
Já tenho mais de mil IDEIAS PARA SALVAR O MUNDO na minha cabeça, e todas elas são absolutamente infalíveis, porque, é claro, meu nome é Martin e sempre tenho a solução ideal para salvar o mundo.

 NOTA PARA MIM MESMO: LEMBRE-SE DE NÃO ESCUTAR OS SINISTROS E INVENTAR O FUTEBOL!

Enquanto isso, vou aproveitar a situação para ensinar os dinossauros como jogar bolas de neve.
Nós nos divertimos jogando bolas uns nos outros, inclusive os T-rexes. Mas, como eles têm braços curtos, não são muito bons nessa brincadeira. Boa oportunidade para aprenderem a perder!

UM NOVO MUNDO

Os valentões estão dando as caras novamente.
Adam, Eva e Mike sempre aparecem quando querem brincar, mas nunca para estudar.
Estamos felizes, e quando terminarmos de rolar na neve, chamo Waldo, Rapto, Trisha e os demais.
Quero que me sigam até a sala de aula onde explicarei meu novo projeto: "Vamos destruir os meteoritos!".

Eu não poderia iniciar com "Vou salvá-los dos meteoritos", porque os sinistros vão gritar para mim: "Não há meteoritos!".
Eles não mudaram e estão mais agressivos do que nunca. Eles não acreditam em nada!
É hora de um novo plano!

NOTA PARA MIM MESMO:

LEMBRE-SE DE DERROTAR OS SINISTROS E NÃO PARE DE SONHAR, AFINAL, BASTA APENAS DAR UM PASSO PARA ALCANÇAR AS ESTRELAS... E DESTRUIR OS METEORITOS!

PHILIP OSBOURNE

DIARIOSSAURO
UM NOVO MUNDO